Las Estaciones

La Primavera

BARRON'S

Termina el invierno, la nieve se funde y florecen los *almendros*.

¡Ya es primavera!

El tiempo está algo revuelto: hace sol, llueve, graniza... Y al terminar sale el *arco iris.* ¿Puedes contar cuántos colores tiene?

El sol sale antes y se acuesta
un poco más tarde.
Cada vez calienta más.
Y tú, ¿ a qué *hora*
entras al colegio?
¿ Y a qué hora sales?

En todas partes crecen *flores* y a los árboles les salen de nuevo las hojas.

Todo se llena de color.

¿De qué colores son todas estas flores?

En los campos se echan las *semillas.*
Con el agua y el calor del sol, de cada
semilla saldrá una nueva planta.

Vuelven las golondrinas a buscar
los *nidos* que dejaron en otoño.
¿ Sabes de qué están hechos?

En la granja nacen *animales* que siguen a sus madres. Algunos han nacido de la barriga de la madre y otros han salido de un huevo. ¿Cómo crees que han nacido estas crías?

Los estanques se llenan de renacuajos recién salidos del huevo. En unas semanas se habrán convertido en preciosas *ranas.*

Puedes ayudarlas a encontrar moscas para comer.

A las *abejas* les encanta la primavera: van de flor en flor y con el néctar que recogen hacen una miel buenísima.

¿Cuántas patas tienen?

El sol calienta y
hace un viento suave
y agradable.
¡ Vamos a
jugar
a la calle !

La primavera también tiene fiestas especiales, como la Pascua. ¿Cuántos *huevos* escondidos has encontrado?

Es el momento de arreglar las *plantas*
de casa, del parque . . . e incluso
de ordenar el armario:
¡ seguro que la ropa del
año pasado ya te
queda pequeña !

Los campos y los huertos se llenan de *verduras y frutas:* sandías, grosellas, rábanos... ¿Qué otras sabes reconocer?

¿Qué te parece si vamos de excursión al bosque? Allí puedes encontrar *insectos* muy diferentes. ¡La primavera es fantástica!

Arandela de Pascua

¿Hacemos una arandela para decorar algún rincón de la casa o del colegio? Un conejito muy simpático te puede hacer compañía durante los días de Pascua. Sólo necesitas cartulinas de distintos colores.

1. Calca la arandela y las flores y recórtalas con la ayuda de un adulto. Puedes hacer unos dibujos en la arandela para que quede más bonita.

2. Calca el conejito y recórtalo. Puedes hacerlo en una cartulina de color o bien en una blanca; después puedes pintarla.

3. Pega la parte inferior del conejito, marcada por la línea discontinua, a la arandela y las dos flores tal como se ve en la ilustración.

Finalmente, haz un agujero en la parte superior de la arandela,

¡y ya le puedes pasar un cordel para colgarla!

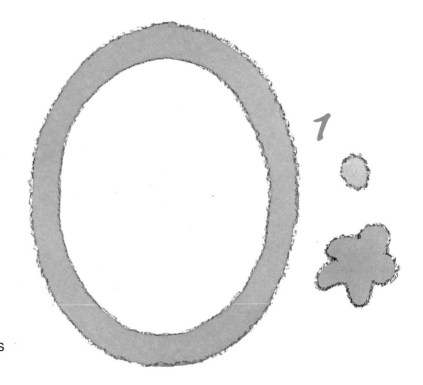

Cómo nace una planta

Las plantas salen de las semillas. Primero, la semilla cae al suelo y se entierra; después, la semilla se abre y brota una pequeña raíz y un tallo con hojas. La raíz crece hacia abajo y el tallo crece hacia arriba y le salen más hojas. ¿Quieres comprobarlo?

Coge un puñado de lentejas; envuélvelas con algodón humedecido con agua y ponlas en un tarro que sea transparente. Ponlo en un lugar donde haya luz natural indirecta. Y espera.

¡Dentro de unos días verás cómo salen las plantas!

Una rana de papel

¿Qué te parece hacer unas ranas? Te damos una idea. Tan sólo necesitas un cuadrado de papel de color y seguir las instrucciones.

¡Busca una hoja seca y pega la rana encima!

¡Hagamos huevos de papel!

Dibuja la cantidad de huevos que quieras en cartulinas de diferentes colores. Seguidamente, recorta los huevos con la ayuda de un adulto y píntalos como más te guste. Aquí te proponemos algunas ideas, ¡pero lo más divertido es que dejes volar tu imaginación creando tus propios diseños!

Otra gran idea es que dibujes máscaras
de distintos animales y que después las
termines de adornar añadiendo las alas,
las orejas, las manos, etc.

¡Puedes hasta usar algodón
para hacer el pelo
del conejito!

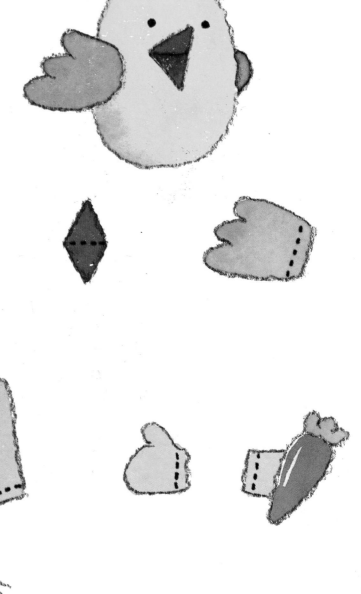

Guía para los padres

La primavera

Empieza el 21 de marzo y termina el 21 de junio. Usen esas fechas para jugar con el calendario: marquen el inicio y el final y todas las fiestas típicas de esta estación. Es una buena manera de ir aprendiendo los meses.

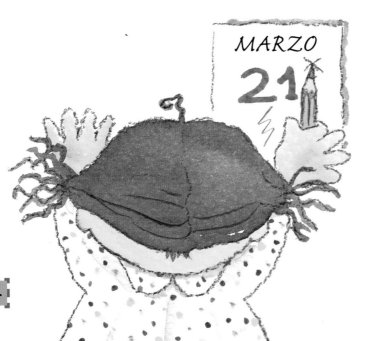

Árboles florecidos

Los almendros y los cerezos, como todos los árboles, tienen raíces, troncos y hojas. En primavera les salen flores y cada flor del almendro o del cerezo se convierte en un fruto. El fruto lleva la semilla (en el cerezo es el hueso de la cereza; en el almendro, la almendra). Si plantamos la semilla saldrá una planta pequeña, que a medida que transcurra el tiempo irá creciendo hasta convertirse en otro almendro o cerezo.

MARZO

21

Nidos

Las golondrinas hacen los nidos amasando el barro con saliva. Aprovechan los rincones protegidos de los edificios para realizarlos. El macho y la hembra se aparejan en el nido y ponen los huevos. Cuando las crías salen del huevo, los padres les dan de comer hasta que se hacen mayores y permanecen en familia hasta que termina el verano. Después empiezan un gran viaje. En la primavera siguiente siempre vuelven al mismo nido que dejaron en otoño.

Las plantas crecen y salen las hojas

Los ríos van llenos de agua de la nieve que se funde en las montañas, llueve bastante y hace calor. Todo esto hace que el mundo reverdezca: salen las primeras hojas de los árboles, rebrotan las flores y crecen las plantas. Esa abundancia hace que haya mucha comida para los animales. Es una estación llena de vida.

Tiempo variado

La primavera suele presentar un tiempo muy variado. Una buena manera de despertar la observación de los niños es hacerles prestar atención al tiempo que hace a lo largo de una semana. Si están aprendiendo a escribir, podemos aprovechar la ocasión para que escriban sobre el tiempo que hace, en lugar de dibujarlo; cualquier excusa es buena para que vayan practicando la lectura y la escritura. Hagan un cuadro donde aparezcan todos los días de la semana, con un espacio al lado para escribir o dibujar el tiempo que hace. Si les gusta la experiencia, la pueden ir repitiendo.

Renacuajos

Las ranas ponen los huevos en primavera. A las pocas semanas empiezan a salir los pequeños renacuajos. A medida que pasan los días van perdiendo la cola y les empiezan a salir las patas hasta que se convierten en ranas. Cuanto más caliente está el agua, más rápido se produce la transformación.

	lunes	martes	miércoles	jueves	viernes	sábado	domingo

Título original del libro en catalán: *La Primavera*
Propiedad literaria (© Copyright) Gemser
Publications, S.L., 2004.
C/Castell, 38; Teià (08329) Barcelona, España
(Derechos Mundiales)
Tel: 93 540 13 53
E-mail: *info@mercedesros.com*
Autora: Núria Roca
Ilustradora: Rosa Maria Curto

Primera edición para los Estados Unidos y
Canadá (derechos exclusivos) y el resto del
mundo (derechos no exclusivos) publicada en
2004 por Barron's Educational Series, Inc.

Dirigir toda correspondencia a:
Barron's Educational Series, Inc.
250 Wireless Boulevard
Hauppauge, New York 11788
http://www.barronseduc.com

Número de Libro Estándar Internacional
0-7641-2734-9
Número de Tarjeta del Catálogo de la
Biblioteca del Congreso 2004101479

Impreso en España
9 8 7 6 5 4 3 2 1

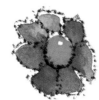

Las Estaciones

la Primavera